13 MARS 1889

AF341007

VENTE PAR SUITE DE DÉCÉS

DE

M. LALOUETTE

STATUAIRE

Rue Amelot, 94

Les Mercredi 13 et Jeudi 14 Mars 1889

EXPOSITION

Les Dimanche 10 et Lundi 11 Mars 1889

PARIS — 1889

IMPRIMERIE MAULDE et RENOU

A. MAULDE & Cie

IMPRIMEURS DE LA COMPAGNIE DES COMMISSAIRES-PRISEURS

Rue de Rivoli, 144

CATALOGUE

DES

MODÈLES

EN BRONZE, PLATRE ET CIRE

AVEC DROIT DE REPRODUCTION

DONT LA VENTE AURA LIEU

Par suite du Décès de M. LALOUETTE

STATUAIRE, ÉDITEUR DE SES ŒUVRES

DANS UN LOCAL SITUÉ

RUE AMELOT, N° 94

Les Mercredi 13 et Jeudi 14 Mars 1889

A 1 HEURE 1/2 TRÈS PRÉCISE

Mᵉ Léon **TUAL**, Commissaire-Priseur

rue de la Victoire, 56

EXPERTS

M. **BOUHON**	M. A. **DACHERY**
Fabricant de Bronzes	*de la Maison Vaury et Cⁱᵉ*
Rue Debelleyme, 12	Rue des Filles-du-Calvaire, 7

EXPOSITION PUBLIQUE

Les Dimanche 10 et Lundi 11 Mars 1889

PARIS — 1889

D 5417

CONDITIONS DE LA VENTE

Elle sera faite au comptant.

Les Acquéreurs paieront, en sus des enchères, CINQ POUR CENT applicables aux frais.

DÉSIGNATION

MODÈLES BRONZE

1 — Une paire statuettes Jockeys nº 1.

2 — Une paire statuettes Jockeys nº 2.

3 — Une paire statuettes Ecoliers.

4 — Une paire statuettes Enfant Lapins.

5 — Une paire statuettes Ligueurs et Hugue-
nots.

6 — Une paire statuettes Moines artistes.

7 — Une paire statuettes Danse villageoise.

8 — Une paire statuettes Incroyables.

9 — Une paire statuettes Piffareri nº 1.

10 — Une paire statuettes Piffareri nº 2.

11 — Une paire statuettes Piffareri n° 3.

12 — Une paire statuettes Chanteurs Directoire.

13 — Une paire statuettes Jour de Fête.

14 — Une paire statuettes Flamands.

15 — Une paire statuettes Duel Louis XIII.

16 — Une paire statuettes Provocations Henri II.

17 — Une paire statuettes Maraudeurs.

18 — Une paire statuettes Amour Jalousie.

19 — Une paire statuettes Chasse et Pêche.

20 — Une paire statuettes Pierrot et Arlequin.

21 — Une paire statuettes Leçon de Danse.

22 — Une paire statuettes Rose et Violette.

23 — Une paire statuettes Rendez-vous inter-
rompu.

24 — Une paire statuettes Musiciens Louis XVI.

25 — Une paire statuettes Musiciens Moyen Age.

26 — Une paire statuettes Routiers.

27 — Une paire statuettes Combat de Coqs n° 1.

28 — Une paire statuettes Combat de Coqs n° 2.

29 — Une paire statuettes Duel moderne.

30 — Une statuette Enfant Crapaud.

31 — Une statuette Marchande de bijoux.

32 — Une statuette Paria.

33 — Une paire statuettes Enfant pleureur.

34 — Une paire statuettes Enfant de chœur n° 1.

35 — Une paire statuettes Enfant de chœur n° 2.

36 — Une paire statuettes Nègres.

37 — Une paire statuettes Page de Fauconnier.

38 — Une paire statuettes Scapin Sganarelle.

39 — Une paire statuettes Chinois et Japonais.

40 — Une paire statuettes Rolando et Gil-Blas.

41 — Une paire statuettes Paix et Guerre.

42 — Une statuette Printemps.

43 — Un groupe Réconciliation.

44 — Un groupe Pandore.

45 — Groupe Arlequin à la Chaise.

46 — Un groupe Gardeuse d'oies.

47 — Une statuette Cuirassier.

48 — Une statuette Psyché.

49 — Une statuette Amour à l'affût.

5o — Un buste Chardin.

51 — Un groupe Cruche cassée.

52 — Un groupe Jour de Noces.

53 — Un groupe Moïse.

54 — Une statuette Almée.

55 — Une statuette Sorcière.

56 — Un groupe Amour captif.

57 — Un groupe Enfant Prodigue.

58 — Une statuette La Loi.

59 — Une statuette Penseur (Michel Ange).

60 — Un groupes de Moines.

61 — Une paire statuettes Duel de femmes.

62 — Un groupe Amour maternel.

63 — Un buste Titien.

64 — Un âne chargé de Reliques.

65 — Une pendule Lions.

66 — Une paire candélabres Lions d'Héraldiques avec flambeaux dérivés.

67 — Un buste Thiers.

68 — Une tire-lire Rat.

69 — Une tire-lire Singe.

70 — Une statuette Antique.

71 — Deux Lions.

72 — Un chien à la Malle.

73 — Un chien Presse-papier.

74 — Deux chiens Boule-dogue.

75 — Un rat à la Bourriche.

76 — Un Caïman.

77 — Deux Boules-dogue n° 1.

78 — Un petit Héron.

79 — Un groupe Chiens.

80 — Un encrier Héraldique.

81 — Une paire flambeaux Chimères.

82 — Une paire flambeaux Hiboux.

83 — Une paire flambeaux brûle-parfums Renaissance.

84 — Un bougeoir Chimère.

85 — Un bougeoir Eléphant.

86 — Un bougeoir à deux Plateaux.

87 — Une paire flambeaux Dauphins.

88 — Une paire flambeaux Lions (vieux).

89 — Un bougeoir Renaissance manche flèche.

90 — Un brûle parfums Louis XVI.

91 — Un couteau Washington.

92 — Un couteru Dante.

93 — Un couteau Renaissance.

94 — Un couteau Lion héraldique.

95 — Un couteau Héron.

96 — Un couteau Fortune.

97 — Un cachet Héron.

98 — Un cachet Fou.

99 — Un cachet Fou.

100 — Un cachet Fou.

101 — Un porte-allumettes Mascarcn.

102 — Une Coupe bas-relief femmes.

103 — Deux domestiques.

104 — Une tire-lire Chien savant.

105 — Une coupe Chat.

106 — Une Figure pour Miroir.

107 — Deux Sonnettes.

108 — Un Lot de pièces diverses.

MODÈLES PLATRE NON ÉDITÉS

---

109 — Un groupe Fleurs de Mai.

110 — Groupe de la Source, Femme et Enfant.

111 — Minerve.

112 — Une Statuette Torchère.

113 — Groupe Cuirassier mourant et deux Enfants. Lorrain et Alsacien.

114 — Jongleur indien sur une Tortue.

115 — Pâtre grec.

116 — Leçon de Valse enfantine.

117 — Cigale.

118 — Icare.

119 — Faune.

120 — La Bonne Aventure avec Moule pour faire en terre cuite.

121 — Statuette Thiers, avec socle ayant servi pour un concours.

122 — Pytonisse figurée à l'exposition des Beaux-Arts.

123 — Figure Femme, Duel de femme.

124 — Japonaise sans bras.

125 — Christ Mort.

126 — L'Oiseau envolé (un Enfant).

127 — L'Aigle du Casque.

128 — Chien griffon.

129 — Encrier (incomplet).

130 — Médaillon, Femme Renaissance.

131 — Femme Etude (incomplet).

132 — Médaillon Quasimodo.

133 — Médaillon Christ.

134 — Médaillon Femme grecque assise.

135 — Médaillon Truand.

136 — Rat moulé sur nature.

137 — Trois Têtes de chien.

138 — Cachet Singe Gorille.

139 — Lot modèles (incomplet).

MODÈLES CIRE NON ÉDITÉS

140 — Combat espagnol au couteau.

141 — Cavalier Romain.

142 — Ligueur à cheval.

143 — Soldat Gaulois.

144 — Deux Musiciens Louis XIV.

145 — Jeanne d'Arc (Ebauche).

146 — Buste Femme Renaissance.

147 — Femme assise.

148 — Buste Femme Moyen Age.

149 — L'Enfant au Cerf-Volant.

150 — Une statuette Peinture.

151 — Une Eurydice.

152 — Satan vaincu (Ebauche).

153 — Deux Enfants, un en cire, un en plâtre.

154 — Une Petite Négresse au Tambour de Basque.

155 — Quatre Petites Femmes (Ebauches).

156 — Un Cachet l'Age de pierre.

157 — Un Cachet Bouchon de Champagne.

158 — La Tragédie figure grecque.

159 — Un Cachet Femme à l'Urne.

160 — Trois Cires (Ebauches).

161 — Combat d'Enfants (Ebauche).

162 — Cachet Amour chagrin.

163 — Laïe, bas-relief.

164 — Une Chute Enfant presse-papier.

165 — Caïman.

166 — Onze Lots Modèles incomplets.

167 — Trois Terres crues.

A. MAULDE et Cie, imprimeurs de la Cie des Commissaires-Priseurs,
rue de Rivoli, 144.   300—94720

www.ingramcontent.com/pod-product-compliance
Lightning Source LLC
LaVergne TN
LVHW021101050726
842519LV00005B/1779